伊索寓言繪本系列

# 小紅帽

圖文：雅勒特‧史特拉霍夫

翻譯：李承恩

U0114865

園丁文化

伊索寓言繪本系列

# 小紅帽

圖　　文：雅勒特‧史特拉霍夫
翻　　譯：李承恩
責任編輯：容淑敏
美術設計：許鍩琳
出　　版：園丁文化
　　　　　香港英皇道 499 號北角工業大廈 18 樓
　　　　　電話：（852）2138 7998
　　　　　傳真：（852）2597 4003
　　　　　電郵：info@dreamupbooks.com.hk
發　　行：香港聯合書刊物流有限公司
　　　　　香港荃灣德士古道 220-248 號荃灣工業中心 16 樓
　　　　　電話：（852）2150 2100
　　　　　傳真：（852）2407 3062
　　　　　電郵：info@suplogistics.com.hk
印　　刷：中華商務彩色印刷有限公司
　　　　　香港新界大埔汀麗路 36 號
版　　次：二〇二二年十一月初版

© 2022 Ta Chien Publishing Co., Ltd
香港及澳門版權由臺灣企鵝創意出版有限公司授予

ISBN: 978-988-7658-30-6
© 2022 Dream Up Books
18/F, North Point Industrial Building, 499 King's Road, Hong Kong
Published in Hong Kong SAR, China
Printed in China

# 前言

《伊索寓言》相傳由古希臘人伊索創作，結集了來自世界各地的故事，約三百多篇。

《伊索寓言》對後代歐洲寓言的創作產生了重大的影響，不僅是西方寓言文學的典範，也是世界上流傳得最廣的經典作品之一。

《伊索寓言繪本系列》精心挑選了八則《伊索寓言》的經典故事。這些故事簡短生動，蘊含了深刻的道理，配以精緻細膩的插圖，以及簡單的思考問題，賞心悅目之餘，也可以啟發孩子和父母思考。

編者希望此套書可以給孩子真、善、美的引導，學習正確的待人處事方法。以此祝福所有孩子能擁有正能量的價值觀。

# 故事簡介

《小紅帽》這個故事，告訴了人們出門時要學會保護自己。

小紅帽是一個充滿好奇心的小女孩，在獨自前往探望住在森林中的外婆的旅途上，遇上了大野狼。

大野狼吞下小紅帽的外婆後，又冒充她，想要將小紅帽一起吞進肚子裏，幸好附近的樵夫救了她們。

從前，在森林附近的一個村莊裏，住着一個小女孩。
每次出門時，小女孩總是穿着一件紅色的斗篷。

因此村裏的人們稱呼她為「小紅帽」。

5

一天早晨，小紅帽向媽媽詢問，她能不能出門去探望外婆，因為自從上次她們見面到現在，已經過了好一段時間了。

　　「那真是個好主意。」媽媽說道。她們收拾
了一個小背包，讓小紅帽帶去給外婆。

「記得哦，直接去外婆家，」媽媽告誡她，「不可以一個人在半路閒晃，記住不要跟陌生人說話！」

「別擔心，媽媽。」小紅帽回答，
「我會小心的。」
　她拿起小背包，跟媽媽道別。

9

但是，當小紅帽發現樹林裏那些可愛
的花朵時，就忘記了自己對媽媽的承諾。

她走出小徑，摘了一些花朵，又走得更遠一點，看着鴨子們搖搖擺擺地穿過樹叢之間。

忽然，一隻大野狼出現在她身旁。

「你在這裏做什麼呢，小女孩？」大野狼用友善的聲音問道。

「我正要去探望外婆，她住在穿過這個森林，靠近小溪那裏。」小紅帽回答。

她知道自己遲到了，就飛快地告辭，奔向通往外婆家的小徑。

而大野狼，也同時抄捷徑走去……

大野狼抵達外婆家，輕輕地敲了門。

「快進來，快進來！我的寶貝來了，我好開心啊！」外婆說着，以為是她的外孫女。

大野狼進到房裏，在外婆看到自己是頭狼之前，就已經一口吞掉了她！

大野狼很滿意地打了一個嗝，然後在外婆
的衣櫃裏翻出一件他喜歡的睡衣，又配上有愛
心圖案的短褲。

16

他戴上外婆的老花眼鏡，甚至在尖尖的耳朵後面噴上一點外婆的香水。

幾分鐘後，小紅帽來敲門了。

「是我，小紅帽。」當小紅帽進屋後，
她快認不得這是她的外婆了。

「外婆！您看起來真不一樣！您的耳朵好大。」
小紅帽靠近牀邊的時候說道。

「這樣聽你的聲音聽得更清楚，我的寶貝。」
大野狼回答。

「而且您的眼睛好大。」小紅帽說。

「這樣看你看得更清楚，我的寶貝。」
大野狼回答。

「但是外婆！您的牙齒真大啊。」小紅帽說着，她的聲音微微顫抖。

「這樣能更方便地吃掉你，我的寶貝！」大野狼咆哮着跳下牀。

千鈞一髮之際，小紅帽意識到在牀上的那個人並不是她的外婆，而是一頭飢餓的狼。

她奔出房間，穿過大門，盡可能地
大聲喊叫：「救命啊！有大野狼！」

一位正在附近砍柴的樵夫聽到了她的哭喊，飛快地朝着小屋飛奔而去。

樵夫抓住大野狼，逼他把可憐的外婆吐出來。

「噢！外婆，我好害怕呀！您還好嗎？」小紅帽問。

整個經歷讓外婆有一點困惑，但幸好她平安無事。

「是的，我親愛的寶貝，謝謝你救了我！」

樵夫敲昏大野狼，把他帶到森林深處，
讓他再也無法找大家麻煩。

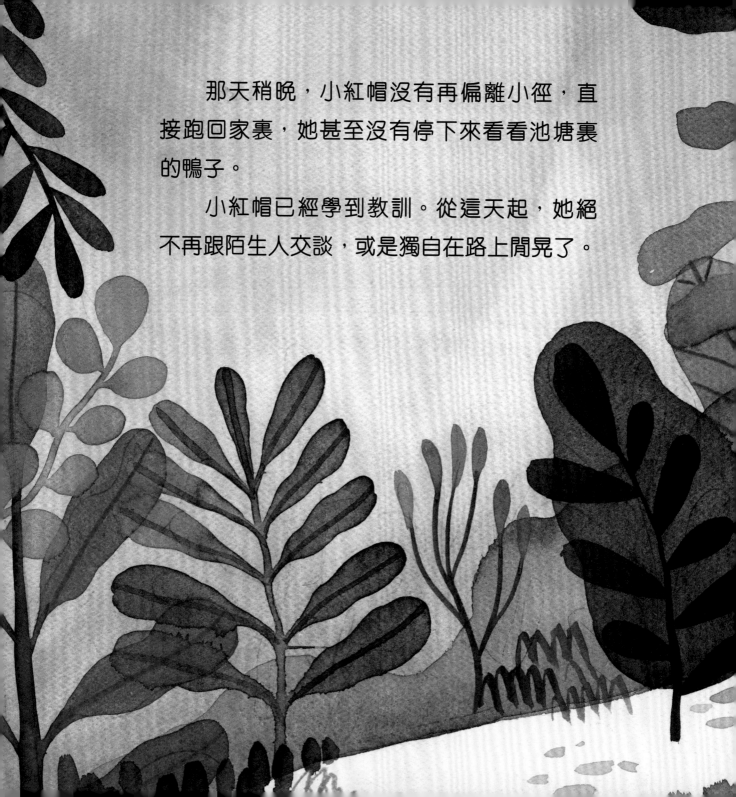

　　那天稍晚，小紅帽沒有再偏離小徑，直接跑回家裏，她甚至沒有停下來看看池塘裏的鴨子。

　　小紅帽已經學到教訓。從這天起，她絕不再跟陌生人交談，或是獨自在路上閒晃了。

## 思考時間

1. 為什麼媽媽在小紅帽出門前，要特別叮嚀她？

2. 小紅帽在路上遇到大野狼的時候，應該要怎麼應對才正確？

## 作者介紹

　　雅勒特・史特拉霍夫出生並成長於荷蘭的一個小鎮。她在威廉德庫寧藝術學院（Willem de Kooning Academy）主修繪畫，2016 年畢業後取得藝術學士學位（BFA）。

　　她的繪畫色彩豐富，筆觸質樸，令人感到幸福。她藉由混合不同的類似材質，諸如水彩、印度墨染與彩色鉛筆等，創造出生動有趣、情境愉悅的圖畫，讓人們不由得會心一笑。

　　雅勒特目前住在法國巴黎，是一位自由職業的畫家。